KB119044

잠시 주춤, 하겠습니다

잠시 주춤, _____
_____ 하겠습니다

글·그림 니나킴

위즈덤하우스

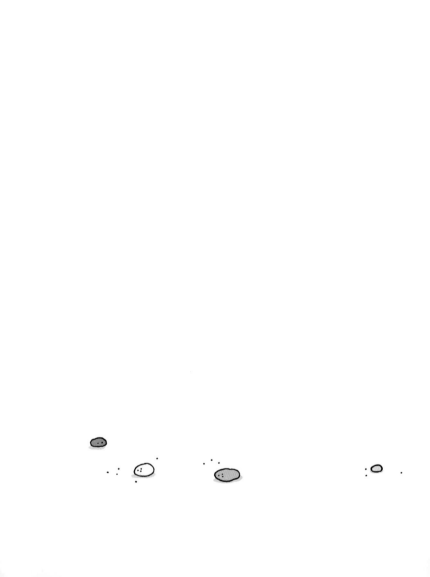

힘들어
숨을 못 쉬겠어...

천천히
걸어가야겠다.

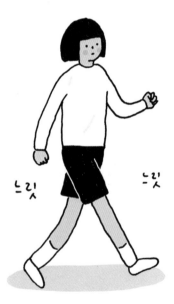

느릿　　　　　느릿

음... 좋다.

화르르-

???

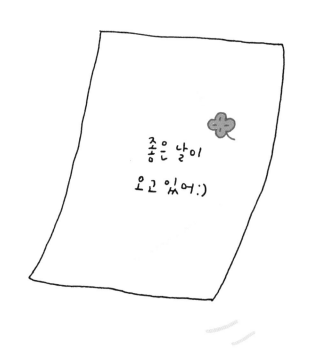

차례

3...... 마음이 마음을 아는 일

1.
잠시 주춤,
하겠습니다

엉망진창
찌질한 하루였다.

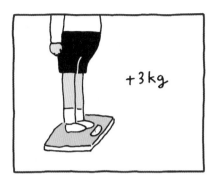

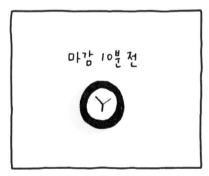

내 맘대로 할 수 있는 것이라곤
치킨을 시켜 먹는 것뿐이었다.

저전력 모드...

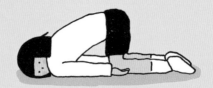

잠시 주춤, 하겠습니다!

흐읍!

놓치고 살았다

고민 끝에 회사를 그만두고, 일러스트레이터가 되었다.
나만의 공간이 필요해 월세 15만 원짜리 허름한 작업실을 구했다.
늦은 아침을 먹고 해가 제일 쨍쨍한 시간. 나의 출근길은 한산하다.
도로를 쌩— 달리다가 신호등의 초록불이 노란불로 바뀌었다.
차를 멈추고 하늘을 보았다.
하늘에 떠 있는 구름은 매일 다르고 천하태평하다.

3년 전, 빽빽한 차들로 가득한 출근길.
이번 신호를 못 받으면 100퍼센트 지각이다.
조급한 마음에 초록불에서 노란불이 되자 속도를 올렸다.
가끔 끼어드는 차들 때문에 거친 욕이 튀어나오곤 했다.
그렇게 신호등만 보며 살았다. 그 너머에 있는 하늘을 놓치고 살았다.

꽉 막힌 도로에 갇혀 살아가는 누군가의 오늘이 하늘과 구름 한 점
감상할 수 있는 여유로운 하루가 되었으면 참 좋겠다.

마음 부웅 뜬 날.

무조건 잘될 거야

"아가씨 태어난 시가?"

"12월 29일 15시 16분요."

"사주가 좋네! 어디 갖다 붙여도 다 무난한 사주야.
관운이 들어 있어. 한의사를 했으면 잘됐을 텐데…."

사주 할머니의 후한 말 때문이었을까?
회사를 그만두고 백수가 되어 하루 종일 뒹굴거려도
'왠지 난 잘될 것 같다'는 막연한 생각이 들었다.

프리랜서가 된 후 6개월간 일이 들어오지 않아
저금해둔 통장에서 돈을 빼서 쓸 때도 '곧 일이 들어오겠지….
잘 풀릴 거야!'라는 근거 없는 자신감이 있었다.
'내가 그린 그림으로 돈벌이가 될까?'라는 물음에 대답할 수 없었지
만, 지금껏 그림을 그려서 고기도 사 먹고, 옷도 사 입는다.

하는 일이 잘 안되고 막막할 때.
걱정만 쌓여가고 해결은 되지 않을 때.
언젠가 술술 풀릴 날을 미리 상상하며 외쳐보기.
"난 잘될 거야! 할 수 있어!"

난 무조건 잘될 거야
그럴 거야 !!!

괜찮아? 괜찮아!

사는 게 뭔지, 어떻게 살아가야 할지, 확신을 위해 던진 물음들.

너 지금 이렇게 사는 게 맞아?
이 나이에 적금 하나 안 붓고 하루 벌어 하루 사는 거, 괜찮은 거야?
지금이라도 어디 적당한 일자리를 알아봐야 하지 않을까?
아니면 공부할래? 이제 더 나이 들면 시작조차 힘들어져.
그리고 남자는 언제 만날래?
만날 수는 있어?
결혼은 해야 하지 않겠니?
언제 만나 언제 할래?

쏟아지는 물음에 확실히 대답할 수 있는 것이 하나도 없다.
한 가지 확실한 건 지금 나는 불완전하다는 것.
그리고 깨달은 건 불완전한 내가 온전한 나라는 것.

뭐든 적당히 하기

뭐든 적당히 하는 나.
적당히 그림 그려서 적당히 벌고, 적당히 놀고, 한계를 넘어서지
않고 매뉴얼대로 사는 것. 이런 나에게 불안을 느꼈다.
놀아도 좀 더 미친년처럼, 그림도 무언가에 홀린 듯 흠뻑 취해 그리
고 싶었다.

'이대로 괜찮니? 좀 더 특별해져야 하지 않을까?'
'주목받는 사람이 되고 싶지 않아?'
SNS 팔로워 수가 갑자기 몇 십만이 되는 상상을 해봤다.
내가 그린 그림에 사람들이 열광하고, 또 내 그림이 엄청나게
비싸게 팔려서 뉴스에 나오는 상상도 해봤다.

좋아요 수, 팔로워 수, 그림 가격. 바라고 상상하는 것들이 온통 수치와 관련된 것들뿐이다.

내가 원래 이렇게 계산적인 사람이었나? 나는 무엇을 위해 화려해지고 싶은 거지?

유명 스타 작가가 되어 팔로워 수도 많아지고 그림 가격이 높아지면 그다음에는? 나는 만족할까?

곰곰이 생각해보니 그렇게 되어도 또 나름의 불안과 불만으로 분명 만족스럽지 않을 것 같다.

어느 쪽에서든 만족할 수 없다면

내 눈높이에 맞는, 나의 적당한 틀 안에서 적당히 무리하며 살아가는 쪽이 정신 건강에 좀 더 좋지 않을까?

무엇을 위해서?

칭찬을 듬뿍

난 왜 이 모양일까?   Who is the best???

나는 왜…   I'm the best!!!

한심해 죽겠어.   나는 정말 최고야.

조금 더 잘할 수는 없니?   정말 훌륭해!

뒤처지면 안 돼.   충분히 잘했어.

앞서 나가야 해!   참 잘했어!

다그치기만 했던 나에게

칭찬을 드음뿍! 주기로 했다.

심심할 틈
만들어주기.

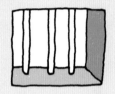

죄책감

"아, 오늘도 한 일이 아무것도 없네….
계획대로라면 그림은 하나 더 그려야 했고,
운동도 하러 갔어야 했는데…."

오늘 그림은 내일로 토스.
빈둥빈둥 핸드폰만 들여다보니 어느덧 어둑한 밤.
거하게 과자 세 봉지를 곁들여 맥주 한 잔 마시고 운동은 생략.
생산적인 하루를 보내지 못했다는 죄책감이 내 발목에 족쇄를 채웠다.

그래도 어쩌겠어.
이런 날도 있고 저런 날도 있는 거지 뭐.

생산적인 하루를
보내지 못했다는 죄책감.

나답게 산다는 것

"타인과 비교하지 말고 진정한 나를 찾으세요! 나답게 사세요!"
TV 채널을 돌리다 보면 유명 연사가 나와 "나답게 사세요!"라고 말하는 강연식 토크쇼를 자주 볼 수 있다. 나답게 산다는 건 뭘까?
'진정한 나'를 찾기 위해 '나'를 생각해본다.

1. 그림 그리는 걸 좋아하고, 내 그림을 누군가가 좋아해주는 게 좋다.
2. 사람들과 어울리는 걸 좋아하면서도 혼자 있는 걸 좋아한다.
3. 눈치가 있는 듯 없는 듯, 할 말을 하기도 안 하기도 한다.
4. 소심하고 예민해서 주변 사람들이 피곤해할 때도 있다.
5. 그래도 항상 관심 받고 싶어 하고 사랑받길 원한다.

30분마다 SNS 좋아요 수와 팔로워 수를 확인하고
아이보리색 원피스를 살까, 핑크색 원피스를 살까 고민하다 친구에게 물어서 친구가 좋아하는 색으로 결정한다.
생각 없이 내뱉은 말이 상대에게 상처가 되지는 않았나? 집으로 돌아와 한참을 생각하고 또 생각한다.
여전히 '남'에 의해 내 마음이 좌지우지되고, '남'의 관심과 사랑을 받고 싶어 하는 걸 보면 진정한 자아를 찾고 독립적인 사람이 되기 위해서는 한참 더 노력해야 하나 보다.

비록 타인의 시선에 민감하고 영향을 많이 받는 나이지만,
휘둘리고 흔들릴 때 나를 잡아주고 믿어줄 사람 역시 타인이기에
나는 오늘도 누군가와 함께 무던히 흔들리고 있다.

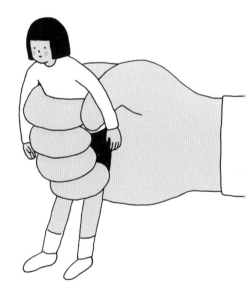

참 을 수 있 는 가 벼 움

풍선 하나로 두둥실― 몸이 뜨는 너와 달리
아무리 많은 풍선을 붙잡고 있어도 뜨지 않는 나.
작은 것 하나에 감사하고 행복한 너와 달리
많은 걸 가져도 또 갖고 싶고, 더 바라고, 욕심이 나서
가벼움조차 참고 버틴 나.

조금씩 놓치고 사는 법을 알려주겠니?

인생은 문제의 연속.

풀어도 풀어도 계속 나와.
똑같은 문제를 풀고, 또 풀지.

SLOW
SLOW
SLOW

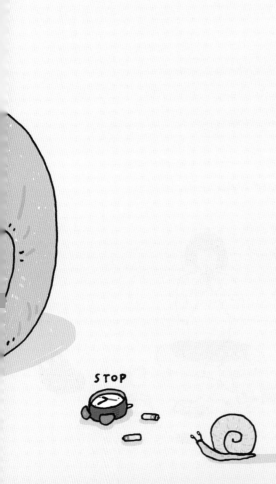

STOP

BLUE ; 블루
1. 파란, 푸른
2. 새파래진, 질린
3. 우울한

우울해

이유 없이 우울한 날이다.
내 안의 우울들이 조금씩 쌓여
우울해를 띄운 모양이다.

이럴 때는 그냥 숨겨둔 초콜릿을 먹으며
우울해가 지기를 기다릴 수밖에….

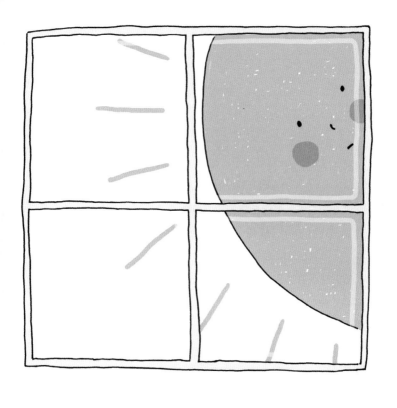

누가 누가 더 힘드나

오랜만에 친구를 만나 "나 힘들어"로 시작해서 "내가 더 힘들어"로
끝나는 '누가 누가 더 힘든지 말하기 시합'을 했다.
대화가 길어질수록 왠지 모를 승부욕이 생겨
굳이 꺼내지 않아도 될 자질구레한 일들까지 몽땅 말해버렸다.

다행인지 불행인지 승자는 없었다.
이겨서 좋은 것 하나 없는 게임이지만 이기고 싶었다.
'나만 힘든 게 아니었구나…'라고 생각하며 위안받을 법도 한데
친구가 힘들어하는 건 아무 위로도 되지 못했다.

"오늘은 정말 힘든 날이었어…"라고 말하면
누군가 내 이야기를 들어주기만을 바랐던
지친 하루였기 때문에….

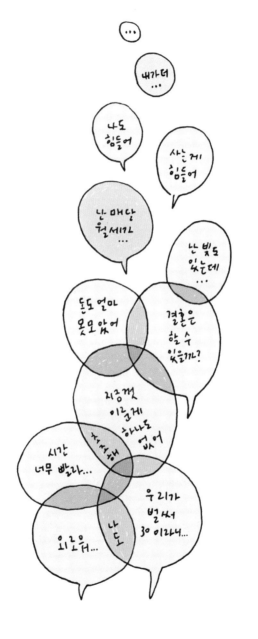

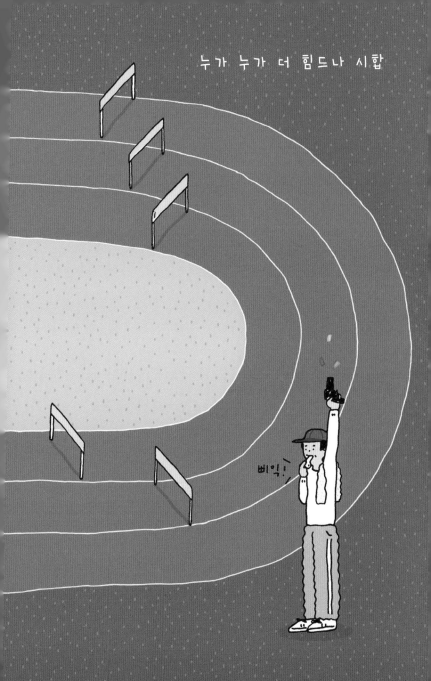

오늘 하루.
내 이야기를 들어줄 누군가가 필요했는데….

나, 오늘
힘들었어.

세 상 거 꾸 로 보 기

삐뚤어진 마음만큼
거꾸로 보면 세상이 좀 달라지려나…?
아름다워지려나…?

2.
모두가
다른 사람들

모두가 다른 사람들

까만 눈동자를 가진 사람.
짙은 눈썹을 가진 사람.
인디언 보조개를 가진 사람.
눈웃음이 반달인 사람.
표현이 서투른 사람.
표현하지 않는 사람.
마음이 외로운 사람.
이제 사랑에 막 빠진 사람.
사랑에 지친 사람.
지금 사랑하고 있는 사람.
어느 것 하나 똑같지 않은
모두가 다른 사람들.

모두 달라요. 정말 달라요.

관 계 와 거 리 의 문 제

중간이 없는 성격 탓일까?
많은 친한 이들과 어긋나고, 싸우고, 관계들이 토막 났다.

친했던 친구가 갑자기 연락을 줄이면서 잠수를 탔고
(원래 툭하면 잠수를 타는 성격이었음),
그러기를 몇 번 반복하더니 우리는 결국 남이 되었다.

고1 때부터 대학 입시까지 함께한 친구는 나를 배려한다는 이유로
비밀을 만들었고, 그것이 나에겐 상처가 되어 결국 남으로 남았다.

정말 아낀 후배 녀석들은 어떤 이유에서인지는 모르겠지만
어느 순간 나와 만나기를 부담스러워했고 결국 남이 되었다.

처음부터 우리는 남이었기에 원점으로 돌아온 거라고 생각하며
좋았던 시간들을 부정하고, 내가 상처받았다는 사실만 들여다봤다.
왜 좋은 관계를 유지하지 못할까? 자책했고, 그것을 상대의 탓으로
돌리기도 했다.
'네가 잠수를 타서, 네가 비밀을 만들어서, 네가 나를 부담스러워해서.'

도룡뇽 꼬리 자르듯
너와 나의 관계도
자를 수 있을까?

시간이 한참 지나 곰곰이 생각하니 문제의 5할은 내 탓이었다.
나와 맞지 않는다는 이유로, 나에게 상처를 주었다는 이유로
도롱뇽 꼬리 자르듯 관계를 잘라버린 것은 나였다.

나와 거리를 두려던 상대를 인정하고 기다려줬더라면
지금과는 조금 달라졌을까?

중간이

없는

사람.

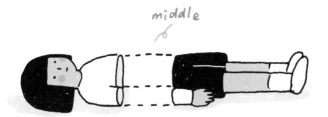

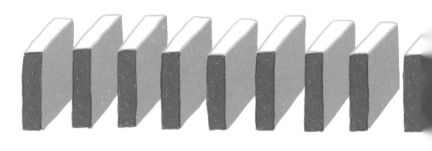

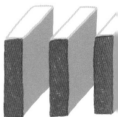

적당히 기대하고
적당히 상처받기

너무 큰 기대는 상처가 되어
나를 무너뜨릴 테니.

마음이 와장창

"내 마음, 언제부터 깨지기 쉬운 얇디얇은 유리 조각이 되어버렸을까?"
상처 줄 의도가 없는 사람의 말에
마음이 와장창 깨졌다.
마음이 여리다고 말하기에는 순수하지가 않고,
미련한 바보라고 말하기에는 상처 받은 마음을
진정시킬 노련함이 있다.

나는 왜 자꾸 상처를 받는 걸까?
마치 상처 받고 싶어 안달 난 사람처럼….

계산적인 마음

모든 걸 주어도 괜찮았던 마음.
그러다 두 개를 주면 하나라도 받고 싶은 마음이,
하나를 주면 하나를 받아내야만 하는 마음이 된다.
세 번을 받고도 한 번을 주기 싫은 마음.
무조건 주기 싫은 마음. 받고만 싶은 마음.
경우의 수가 굉장히 많은 마음의 수.

분명 모든 걸 다 주어도 아깝지 않았는데
어느새 마음은 각자의 공식에 대입되고 틀릴 수밖에 없는 정답으로
어긋난다.
나는 너와 상처를 주고, 받는다.

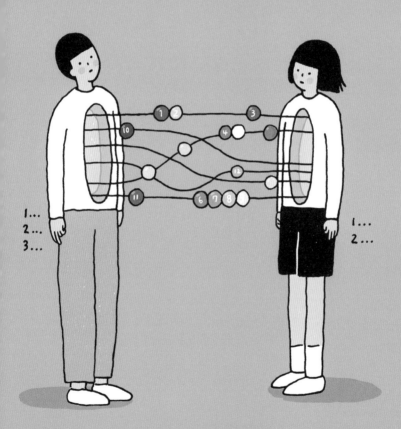

공들여 쌓아온 관계

크고 널찍한 돌을 맨 아래에 놓고
아랫돌보다 작은 크기의 돌을 아무렇게나 찾아 올린다.
그러다 휘청— 하고 찾아온 위기가 조심스러움을 만든다.
그 후 돌의 모양, 무게, 기울기 등등을 더 세심하게 고른다.
계속 계속 쌓고 싶은 마음과 달리 쌓을 수 있는 면적은 점점 좁아지고
손톱만 한 작은 돌멩이를 끝으로 돌쌓기는 끝이 난다.

와르르-

처음부터 시멘트를 발라

빨간 벽돌을 올렸으면 좋았을 텐데….

미안하다는 말

어려서는 거대하게 느껴졌던, 그러나 지금은 너무나 작아진 아빠.
그리고 사춘기 이후 서로에 대해 무관심으로 일관했던 다섯 살 터
울의 남동생.
대화가 없는 우리는 싸우기 일쑤였고 화가 나면 화가 난 채로,
섭섭하면 섭섭한 채로 서로를 방치했다.
풀리지 않은 서운함과 해결해야 하는 문제들은
케케묵은 먼지로 투명하게 쌓였다.

아빠가 집에 들어온 걸 보고서도 아무 말 없이 지나치면 미안해진다.
애교 있는 딸이 아니어서. 작아진 아빠를 보듬어주지 못해서.
동생은 집에 들어오자마자 방에 들어가 문을 닫는다.
무뚝뚝한 녀석의 모습에 서운할 때가 많지만 이런 동생의 모습은 내
모습과도 많이 닮아 있다.
어렸을 적부터 내가 하는 건 다 따라 하고 싶어 하던 동생.
나의 무뚝뚝함까지 닮아버린 걸까?
동생의 무뚝뚝함이 내 탓인 것만 같아 미안해진다.

가족뿐만 아니라 주변의 친한 친구들에게도 미안한 마음을 솔직히 털어놓기가 어렵다. 오히려 더 큰 소리로 화를 내며 미안함을 감춘다.

입안에 맴도는 "미안해" 세 글자를 꿀꺽 삼키고 순간의 자존심을 지킨다.

마음을 전할 타이밍을 놓치고, 못다 한 말이 응어리가 되어 관계는 녹슬어간다.

나는 언제부터 솔직해지는 게 어려워졌을까?

나는 언제부터 미안한 걸 "미안하다" 말하는 게 어려워졌을까?

미안한 건
"미안하다"
말하고 살기.

뒤섞여 버린
감정.

모두에게 좋은 사람일 수는 없어

어릴 적에 즐겨 먹던 300원짜리 신호등 사탕.
어떤 색부터 먹을까 고민하다 사탕 네 알을 모두 입에 털어 넣었다.
조그만 입에 꽉 찬 사탕들로 캑캑거리다 결국 전부 내뱉고 말았다.

모든 사람에게 좋은 사람이고 싶은 마음이 지키지 못할 약속을 만들었다.
나는 누군가에게 상처를 준, 실망스러운 사람으로 남겨졌고
주변의 가까운 사람들에게도 생채기를 냈다.
잘 보이고 싶은 욕심으로 깊이 없이 만든 관계들은 꼬여만 갔고,
풀려고 손을 쓸수록 문제는 복잡해졌다.

사탕 네 알을 동시에 먹을 수 없듯이
모든 사람에게 사랑받을 수 없다는 걸 알았다.
조금씩 주변을 정리하니 내 옆에 남은 사람이 몇 명 없다.
빨강, 노랑, 초록, 파랑 신호등 사탕 개수 정도? 그래도 괜찮다.
거짓된 내가 퉤— 하고 뱉어졌으니.

하
루
에

사
랑
한

알

아침에
사랑 한 알.

톡! 쳐서
기절시키기.

슥슥—

사랑 깎기.

사랑 한 알
섭취하고

오늘은
외롭지 않기!

연애, 꼭 해야 하나요?

"공부만 열심히 해! 대학에만 들어가면 남자친구 생겨!"
"그럼 난 1년에 한 명씩 만나서 열 번 연애하고 서른에 결혼할 거야."

꽤나 진지했고 이성적인 연애 계획이라 생각했는데
지금 생각해보니 현실성 없고, 어처구니 없는 망상이었다.
계획대로라면 나는 지금 아홉 번의 연애를 마치고 열 번째 남자와
결혼 준비를 하고 있어야 하는데….

풀리지 않는 사랑이 밀린 숙제처럼 느껴지는 건
이루어지지 않은 내 망상 때문인가…?

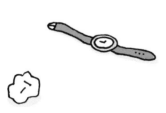

사 랑

"남자가 없어. 외로워. 연애하고 싶다."
매일 습관처럼 내뱉는 말이 진심이긴 한 건가?
새해 소망이 매번 "남자친구 생기게 해주세요"인 나는
사랑을 못 하는 건가, 안 하는 건가?

자주 듣는 라디오에서 이런 말이 흘러나왔다.
"짧은 사랑이든 긴 사랑이든 사랑을 하고 이별을 겪었다면
단편영화 시나리오를 한 편 쓸 수 있다."
이렇게 사랑이 멋진 것이라니. 빨리 사랑을 하고 싶다.
마음 맞는 사람을 만나 내 모든 것을 다 줄 수 있을 만큼
열렬히 사랑하고, 사랑받고 싶다.

그러나 사랑은커녕 새로운 사람을 알아가는 것부터 어렵다.
또 거짓 없는 나의 모습을 보여주기는 더 어렵다.

오랫동안 연애를 쉬고 있는 나를 걱정하는 주변 사람들은 말한다.
"이제는 연애해야지. 이번에는 남자를 꼭 만나야지."
"아직 네가 사랑에 대한 환상을 깨지 못했구나.
남자는 다 거기서 거기니 호감만 있으면 우선 사귀어봐."

그 말을 듣고 소개팅으로 만난 남자를 사귀었다.

호감은 있었으니까.

사랑으로 바뀔 줄 알았던 호감은 부담이 되었다.

나를 좋아해주는 마음이 보답해야만 하는 빚처럼 느껴졌다.

그래서 사귄 지 얼마 되지 않아 이별을 통보했다.

"너를 좋아하지 않는 것 같아. 미안."

이 말을 하기가 정말 힘들었지만 해야 했다.

그 뒤로 나는 더욱더 사람을 쉽게 사귈 수 없어졌다.

"남들 다 잘하는 연애를 왜 너만 못 하니?" 물으면

"난 원래 사랑하기 힘든 사람이야. 시작이 쉽지 않아"

라고 대답해야지.

사 랑 은 타 이 밍 !

째깍— 째깍— 째깍—
사랑이 터지기까지 걸리는 시간.

PUUUUNG

내 사랑의 타이밍은

왜 때문에

매번 엇갈리기만 할까요?

사랑은 터져버렸고, 사라졌다.
남겨진 건 미련 가득한 재뿐이었다.

미련

나도 모르게 좋아했던 그 사람.
혼자가 되고서야 깨달은 진짜 마음.
우리는 분명 멀어졌는데
내 마음은 그때 그대로 머물러 있다.
시간이 지나면 괜찮아질 줄 알았는데….
미련은 점점 커져만 간다.

미련이 미움이 되지 않기를….
또 다른 사람을 사랑할 수 있기를….
그때는 제대로 된 타이밍에
내 마음을 표현할 수 있기를….

왜...
멀어지면 멀어질수록
커지는 거니?

지켜보는 마음.

괜히 봤어…

나 없이 잘 사나 한번 볼까?
호기심에 타고 타고 타고 들어간 전 남자친구의 SNS는
다음 날부터 눈뜨면 제일 먼저 확인하는 필수 코스가 되었다.
살이 좀 쪘네? 이 옷은 뭐야, 촌스러워.
엇, 싸웠나 보네? 역시… 그 성격 어디 가?
아, 얼마 못 가서 헤어지겠네… 쳇, 새똥에나 맞아라.

나의 못된 심보 때문이었을까?
오늘따라 흘리고, 부딪치고, 넘어지고,
화딱지 나는 재수 옴 붙은 날.
사실은 미련하고 찌질한 내 모습에
화딱지 났던 재수 없는 날.

불광동 Y님의 사연

우리가 벌써 5년이라니.
함께한 시간이 길었던 만큼 서로를 너무 알아버렸어.
연애 초반에는 보이지 않던 단점이 하나둘 보이기 시작하고
얄미운 행동에 꿀밤을 먹이고 싶을 때가 한두 번이 아니지만,
내 옆에 네가 없으면 안 될 것 같다는 생각이 들어.

미움보다 고마움이 더 큰 사람.
참 고마운 사람.

좋아하면서
미워하는 사이.

감싼 마음

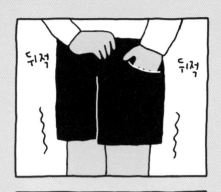

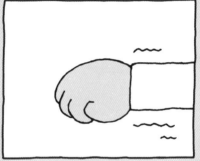

그는 말했다

" 괜찮아 나 단것 안좋아해."

주
춤
주
춤

쿵쾅

쿵쾅

이대론 너무
부끄러운데...

사탕이 아니었다
부끄러움을 숨기기 위해
꽁꽁 감싼 내 마음이었다.

꼭꼭 숨어라
아무도 못 찾게.

천천히 사랑하고 싶다

누군가를 만나야겠다는 생각이 들어 소개팅을 이리저리 부탁한다.
사랑을 해내야겠다는 의무감은 내키지 않는 소개팅도 마다하지 않
게 만든다.
떨리는 마음으로 소개팅을 나가 형식적인 대화 몇 마디를 나누고
생각한다.
"아… 이번에도 글렀다."

계속되는 소개팅 실패에 아직 혼자여도 괜찮다는 마음이 맴돈다.
혼자여도 외롭지 않다는 생각을 하며 길을 걷다
짝지어 걷는 커플을 보고,
결혼한 남녀가 아이를 행복하게 바라보고 있는 모습을 보고 나면
또다시 나의 사랑 의무감이 발동한다.
'그래 또다시 소개팅 시작이다!'

쇼윈도에 걸린 값비싸고 멋진 명품 옷을 바라보는 것처럼
나에겐 사랑이 갖고 싶고, 또 쉽게 가져지지 않는 어려운 관계이다.
또, 언젠가 해내야만 하는 숙제처럼 느껴지기도 한다.
나는 이렇게까지 꼭 사랑해야만 하는 걸까?

사랑을 찾으러 바다로 갈까요?
사랑을 찾으러 강으로 갈까요?
이 병에 가득히 넣어가지고서
라라라라 라라라라 온다야 ♪

사랑하지 않아도, 결혼하지 않아도
초조하지 않은 세상에서
천천히 사랑하고 싶다.

천천히
같이 가자.

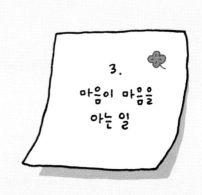

3.
마음이 마음을
아는 일

마음이 마음을 아는 일

나와는 성격이 정반대인 친구가 있다.
모든 일에 생각과 고민이 많고 미리 걱정하는 나와 달리
친구는 매사에 낙천적이고 느리지만, 하고 싶은 일은 하고
안되는 일은 빨리 포기하는 성격이다.
함께한 시간이 긴 만큼 서로를 잘 안다고 생각했지만
아직도 우리는 서로를 모르고, 여전히 섭섭하고 화가 날 때도 있다.

각자의 입장으로 상대를 이해하려 할 때 문제가 생기는데
나는 나의 시각으로, 친구는 친구의 시각으로 바라본다.

'넌 나를 잘 알잖아, 넌 나의 제일 친한 친구잖아'라는 전제를 만들고
자신에게 맞춰주길 바란다. 하지만 완전히 다른 성격인 우리가 서로
를 완벽하게 알 수가 없지. 조금씩 쌓인 섭섭함 때문에 한동안 연락
을 미루고 주저하게 된다.
그러다 '연락이 너무 뜸해졌으니 이제는 연락을 해야 할 때!'라는
신호가 오면 자연스럽게 약속을 잡고 관계를 회복한다.

처음에는 친구와 멀어지는 게 신경 쓰이고 스트레스였는데, 10년 정도 함께하다 보니 멀어져도 '곧 다시 괜찮아지겠지' 하며 대수롭지 않게 여기게 되었다.

아마 우리는 계속 멀어지고 가까워지기를 반복하면서 우리만의 적정 거리를 유지하겠지. 이런 우리에게 필요한 건 상대의 마음이 별난 마음이 되지 않도록 동그란 마음을 동그라미로, 세모난 마음을 세모로 보는, 상대의 마음을 똑바로 보는 일이다.

왔다 갔다, 사람 마음

일이 없어 하루 종일 빈둥거릴 때는
"아… 오늘 한 게 아무것도 없네."
일이 많아 정신없을 때는
"아… 아무것도 안 하고 싶어."
모처럼 생긴 약속에 마음이 들떠서
새벽까지 이 옷 저 옷 입어보다 늦잠을 자면
"아… 약속을 취소할까?"
여행 한 달 전, 설레는 마음으로 계획을 짜놓고
떠나기 하루 전에 "아… 가기 귀찮아."

왔다 갔다 사람 마음.
왜 이러는 걸까요…?

내 맘이 왜
내 맘같지 않은걸까?

일렁이는 마음.

삐뚤어진 날

한바탕 힘들었던 일을 주절주절 말했다.
얼마나 짜증났고, 수치스러웠으며, 스트레스를 받았는지.
네가 알아줬으면 했고, 그런 내 마음을 알았는지
친구는 "네 마음 알 것 같아. 다 이해해"라고 말했다.

위로가 될 줄 알았던 그 말이 내 마음을 더 허하게 만들었다.
"다 이해해"라는 말이 속 빈 껍데기처럼 느껴졌기에.
그리고 내 마음을 나도 잘 몰랐기에.
그저 들어주는 것만으로는 부족하다며 마음을 완전히
알아달라는 건 나의 멍청한 욕심이었다.

오늘은 위로도 받아들일 수 없었던 삐뚤어진 날이었다.

네가 어떻게
내 마음을 알아

나도 내 마음을
모르겠는데...

나를 읽어 줘

한 권의 책이 마음이라면…
내 마음은 첫 장을 읽는 데도 꼬박 하루가 걸리는
아주 두껍고 어려운 고대 문서인 것 같아.
온갖 모르는 기호와 문자 들로 섞여 있어서
해석하기 힘든 책 말이야.
책의 저자조차 고개를 절레절레 흔드는
아주 읽기 어려운 책.

비닐 팩이다.

한 장 스으윽— 뽑아서

가슴속 답답함을 몽땅 불어넣자.

완벽히 밀봉된 답답함들은

꽁꽁 얼려야지.

상 상

머지않은 미래를 종종 상상하곤 한다.
고1 때는 수능을 앞둔 고3 수험생인 나를,
대학생일 때는 취업 준비를 하는 나를.
서른의 나는 5년 뒤 내 모습을 상상한다.

결혼은 했을까? 아이는 있을까? 그때도 혼자라면 어쩌지?
꼬리에 꼬리를 문 상상들은 끝이 없다.
그러다 문득 5년이 아니라 50년 후의 내 모습을 떠올렸다.
여든의 나는 어떤 모습일까?
바라던 것처럼 그때도 그림을 그리고 있을까? 자상한 남편과 함께
카페에 앉아 커피 한 모금 마시며 책 한 권 읽을 여유가 있을까?
자식들은 두 명 정도 있을 것 같은데…. 손자 손녀는 몇 명이나 있
으려나?
쭈글쭈글 늙어버린 피부, 손 등 위 검버섯은 나에게 어떤 의미로 다
가올까? 계단을 오르내릴 땐 정말 무릎이 아플까? 내 진짜 이빨은
몇 개나 남아있으려나…?
까마득한 미래지만 언젠가 나도 정말 할머니가 되어 있겠지.
그런데… 나 그때까지 건강히 살아 있긴 할까?

50년 후...

LATER...

끝

이 세상 모든 것들은 끝이 있다.
떨어지는 낙엽과 시들어가는 꽃과 삐걱대는 기계 들과
영원한 시간 속, 영원하지 못한 우리는 끝을 향해 달려간다.

생각보다 빨리 찾아온 엄마의 죽음으로 '죽음'에 대한 생각이 달라
졌다. 엄마가 죽던 참 슬펐던 그날. 아이러니하게도 탄생과 죽음이
많이 닮아 있다는 걸 느꼈다. 분만실 밖에서 아이가 태어나길 기다
리는 마음과 중환자실 밖에서 예고된 죽음을 기다리는 마음.
분명 느끼는 감정은 반대지만 비슷하다. 명확히 설명할 수 없지만,
그때 삶과 죽음이 크게 다르지 않다는 걸 어렴풋이 느꼈다.

막연하게만 느껴졌던 죽음은 젊은 나에게도 언제고 벌컥 들이닥칠
수 있는 일이라는 걸 알게 되었고, 우리는 태어나는 동시에 죽어가
고 있다는 걸 안다.

산다는 것은 죽어가는 과정.

우리는 하루하루 죽어가면서 죽기 위해 살고 있는 듯하다.

'죽기 위해 산다'고 생각하니 인생 참 허무하다.

떨어지는 꽃잎을 보고도 아무것도 느낄 수 없는 무감각한 사람이

되고 싶지 않다. 조그만 것에도 감사하고 사랑하고 싶다.

내가 죽는 그날. 살아왔던 인생에 아쉬움 없길 바라며 좋아하는 일

들을 미루지 않아야겠다. 오늘도 열렬히 사랑하고 행복해야지.

마음의 병

마음속 병을 꺼냈다.
약간의 '슬픔'이 담겨있다.
내일은 '행복'이 가득 차기를!

슬픔 앞에 슬픔

우리는 저마다의 사정으로 복잡한 감정들을 마주해야만 할 때가
있다. 그럴 때는 특히 마음을 잘 들여다봐야 하는데 이게 꽤 귀찮
은 일이다.

그래서 순간 외면하고 지나친다.

시간이 지나면 사라질 줄 알았던 감정이 갑자기 툭— 튀어나와 골
치 아픈 문제를 만든다.

마음의 병

슬픈 마음을 보이고 싶지 않아서였을까? 아니, 정확히 말하면 보여 줄 수 없었다. 엄마의 장례식을 치른 후 몇 번은 친구에게 전화를 걸어 엄마가 보고 싶다고 엉엉 운 적이 있다.

매일 엄마가 생각나고 눈물이 났는데 매번 그때마다 밤늦게 전화를 걸어 징징댈 수 없었다. 혼자 있으면 눈물이 나고 슬펐다. 홀로 보러 가던 영화도 혼자서는 가지 않았다. 그래서 사람들을 만나 떠들고 웃으며 정신없이 일을 벌였다. 친구를 만나고, 작업실을 만들고, 가구를 사고, 청소를 하고, 그러다 홀쩍 친구와 여행을 떠났다.

1박 2일의 짧은 여행을 마무리하며 이야기를 나눴는데 친구가 이번 여행이 불편했다는 말을 했다. 여행하는 중간중간 내 어두운 표정을 보았고, '원래의 나'라면 같은 풍경을 보고도 더 큰 리액션을 했을 텐데 감정 표현이 많이 줄어든 것 같아 걱정스럽다고 했다. 충격이었다.

아름다운 풍경으로부터 받은 감동을 온몸으로 표현했고, 굉장히 즐거운 여행이었는데…. 혹시 친구가 엄마 잃은 나를 '슬퍼야만 하는 사람'이라는 시선으로 바라본 건 아닐까? 그래서 이전과 똑같이 반응했는데도 부자연스럽게 느낀 건 아닐까?

나는 지극히 정상이고 괜찮다는 해명을 하려다가 멈췄다.

나는 그냥 슬픈 사람이었고, 감정을 숨긴 채 여행을 했지만 살짝 삐져나온 슬픔이 전해진 것이라고 생각하기로 했다.

슬픔을 인정하니 마음이 조금 괜찮아졌다.

엄마의 모든 것이 궁금했던 그 시절

엄마의 분홍 립스틱.
엄마의 반짝이는 귀걸이.
엄마의 뾰족한 하이힐.
엄마의 야릇한 브래지어.
엄마의 부드러운 실크 잠옷.

엄마의 모든 것이 궁금했던
어린아이는 어른이 되었습니다.

나는 여전히 엄마가 궁금한데

"엄마 뭐 해?"
"엄마 밥 먹었어?"
"엄마 살쪘지?"
"엄마 오고 있어?"
"엄마 어디야?"

어른이 된 아이는 여전히 엄마가 궁금하지만
이제는 더 이상 아무것도 물을 수 없게 되었습니다.

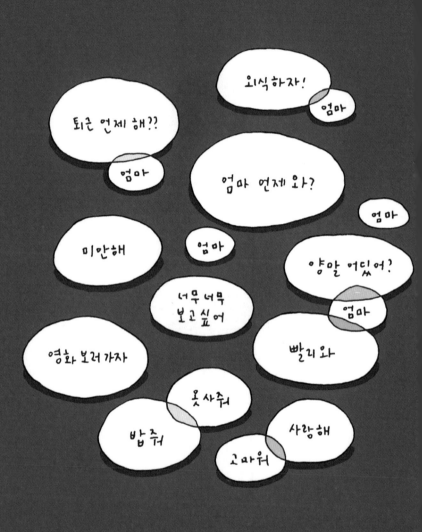

엄 마 에 게

"엄마 언제 와?"
"엄마 빨리 와"
"엄마 배고파."
"엄마 양말 어딨어?"
"엄마 영화 보러 가자."
"엄마 운동 좀 해."
"엄마 어디야?"
"엄마 보고 싶어."
"엄마 사랑해."

하고 싶은 말들을 꾹꾹 눌러 담아,

가슴 깊숙이
보관해둔다.

보관만 해둔다.

눈물은 어디에서 올까

엄마 나 500원만, 하던 코찔찔이에게 이제 돈을 벌어 매달 적금을 붓고, 사고 싶은 걸 살 수 있는 경제력이 생겼다. "엄마, 나 독립하면 혼자서도 잘 살 수 있을 것 같아"라고 당당하게 말하니 엄마는 혀를 끌끌 차며 이렇게 말했다.

"네가 진짜 혼자 살아봐야 정신을 차리지. 지금 당장 독립해봐!"
그때는 정말 자신 있었는데, 그럴 줄 알았는데….
진짜로 사라진 엄마의 빈자리는 무엇으로도 메울 수가 없었다.
물먹은 스펀지처럼 나는 매일 눈물을 짜내고 닦았다.
길을 걷다가 고개를 푹. 노래를 듣다가 고개를 푹. 운전을 하다가 고개를 푹.

시도 때도 없이 흐르는 눈물 때문에 가끔 당황스러웠던 적도 있었다.
그러다 갑자기 든 의문. 눈물은 어디서 만들어질까?
매일 마시는 물이 체내에 쌓일 때 조금씩 저장되는 건가?

그렇다면 내가 오늘 흘릴 수 있는 눈물의 최대치는 얼마나 될까?
1리터의 눈물을 흘리면 슬픔 1리터가 없어지는 건가…?

한바탕 울고 나면 잠시 후련해지기는 하지만 다시 몰려오는 허전
함은 또다시 울어서 비워내야 하나? 조금은 엉뚱하고 우스운 생각
을 하다 보니 벌써 시간이 한참 지나 있다. 슬픔에 비례하는 눈물을
모두 쏟아내서일까?

지금은 길을 걷다가, 노래를 듣다가, 운전을 하다가
울지 않는다.
눈물 흘릴 만큼 슬프지 않게 되었다.

How Do I Make Tears?

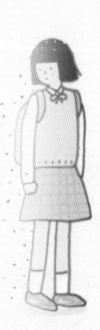

Good-bye

소원을 말해 봐!

좋았던 시간들을 오래오래 기억하게 해주세요.
힘들고 나빴던 기억은 사라지게 해주세요.

4.
오늘도 무탈한
당신과 나의 하루

어 느 덧

30세. 어느덧 서른이 되었다.
서른이 되면 기분이 이상할 줄 알았는데 딱히 그렇지도 않다.

신기한 것들로 가득 찼던 세상이 익숙한 것들로 변해서일까?
서른이 되어도 무덤덤. 새해가 되어도 무덤덤.
모든 것이 무덤덤하게 느껴진다.

무덤덤해진 나와 반대로 바뀐 게 하나 있다면
느리게 가던 시간이 속절없이 빨라졌다는 것.
흐르는 시간도 무덤덤하게 느낄 수 있다면 좋을 텐데….

1월 1일이 되면 새해 소망을 떠올리기보다는
'올해 1년은 얼마나 빨리 지나갈까?' 하며
아직 오지도 않은 지나갈 시간을 아쉬워하는 어른이 되어버렸다.

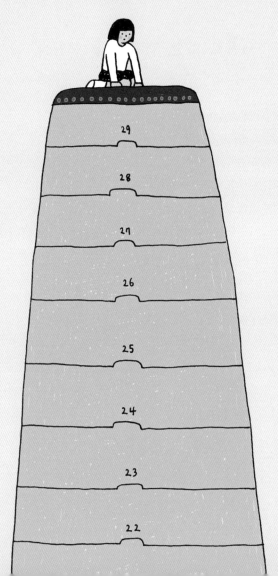

어른이 되면 행복할 줄 알았다

매일 새롭고 재미난 것으로 넘쳤던 아홉 살.

학교가 끝나면 친구들과 우르르 모여 방방을 탔다.

통통통 튀어 오르는 몸을 이리저리 움직이며 땀을 한 바가지 흘린 후 먹는 문구점의 500원짜리 포도 맛 슬러시는 환상적이었다.

엄마 몰래 만화책을 훔쳐보다 현관문이 열리는 소리가 나면 피아노 의자 속에 잽싸게 숨기고 방에 들어가서 공부하는 척을 했다.

재미있는 만화책을 숨겨서 봐야만 하는 나의 운명이 억울했지만 어쩔 수 없었다.

빨리 어른이 되고 싶었다. 어른이 되면 모두 마음대로 할 수 있을 줄 알았기 때문에. 그리고 어른이 되었다.

500원짜리 슬러시보다 열 배 비싼 5,000원짜리 커피를 마시고, 보고 싶은 만화책을 눈치 없이 마음껏 보게 되었다. 그런데 아무런 감흥이 없다.

엄마의 허락 없이 내 마음대로 할 수 있는 어른이 되었는데 하기 싫은 일이 넘쳐나고, 하고 싶은 일은 참아야 한다.

매일 반복되는 하루가 지루하고 따분하다.

아무것도 모르던 그 시절. '행복'이 무언지 알지 못했고 궁금해하지도 않던 아홉 살 아이는 참 행복했다.

어른의 행복은 행복하려고 발버둥 칠수록 멀어지는 느낌이다.

쉽지는 않겠지만 이제 행복을 따지지 않기로 했다.

오늘 꼭 행복해야만 하는 이유도 없기에.

"너 정도면 행복한 편이지"
라는 대답을 듣길 원했던 걸까?
왠지 나보다 네가 더 잘 알 듯한 느낌에 물은 말
"나 행복해보여?"

행복을 좇는 우리

누군가가 올린 사진 속 카페를 찾아 나서고,
친구가 신은 구두가 예뻐 보여 비슷한 디자인의 구두를 찾아 사고,
아는 언니가 쓰던 립스틱이 좋아 보여 덩달아 사고,
이렇게 사소한 것들 하나하나를 따라 하다 보니
그들의 인생까지 닮고 싶어졌나…?

아는 언니가 차를 바꾸니 나도 차를 바꾸고 싶어지고,
건너 건너 아는 지인이 시작한 사업이 잘되는 걸 보니 '나도 한번?'
하고, 친한 친구가 결혼을 하니 나도 결혼이라는 걸 하고 싶어졌다.

타인의 행복을 좇아 그것이 나의 행복인 듯
어느샌가 우르르— 행복을 좇고 있었다.

엄마에게 물려받은 차는 쌩쌩해서 아직 바꾸지 못했고,
사업은 시작할 깡다구가 없다. 결혼할 상대는커녕
연애도 제대로 못 하고 있는 나는 지금 불행한가?
아닌데… 나, 그럭저럭 잘 살고 있는 것 같은데.
그런데… 행복한 게 뭐였더라?

마냥 행복을 좇아 '행복해! 행복해야만 해!'라고
되뇌며 살았는데, 정작 나는 정말로 행복이 뭔지 모르겠다.

냠냠 시간 까먹기

야금야금 시간을 갉아먹고 사는 우리.
나의 많고 많았던 방대한 시간들은 어디로 가버린 걸까?
먹은 만큼 포만감이 생기는 음식처럼,
마신 만큼 알딸딸해지는 알코올처럼
흘러가는 시간을 오롯이 느낄 수 있다면….

그 많던 시간들은
누가 다 갉아먹었지?

넌 생각이 너무 많아...

고민이 많을 때는?

오늘 점심은 뭐 먹지?
하아… 연애해야 되는데….
결혼 못 하면 어떡하지?
아, 이번 달에 일이 들어와야 하는데.

걱정 제조로 특성화되어 있는 머리.
끊임없이 쏟아져 나오는 고민들이
머릿속에 가득 찼다.

이럴 때는 어떻게 해야 하지?

특단의 조치!
생각 없는 무로
갈아 끼워야지.

하 고 싶 은 일

하루에 100만 원 써보기. 유럽 여행 가기.
호텔에서 파자마 파티 하기. 차 바꾸기.
내 집 마련. 기타 등등.

하고 싶은 일을 하기 위해
하기 싫지만 해야 할 일을
군말 없이 해야겠다.

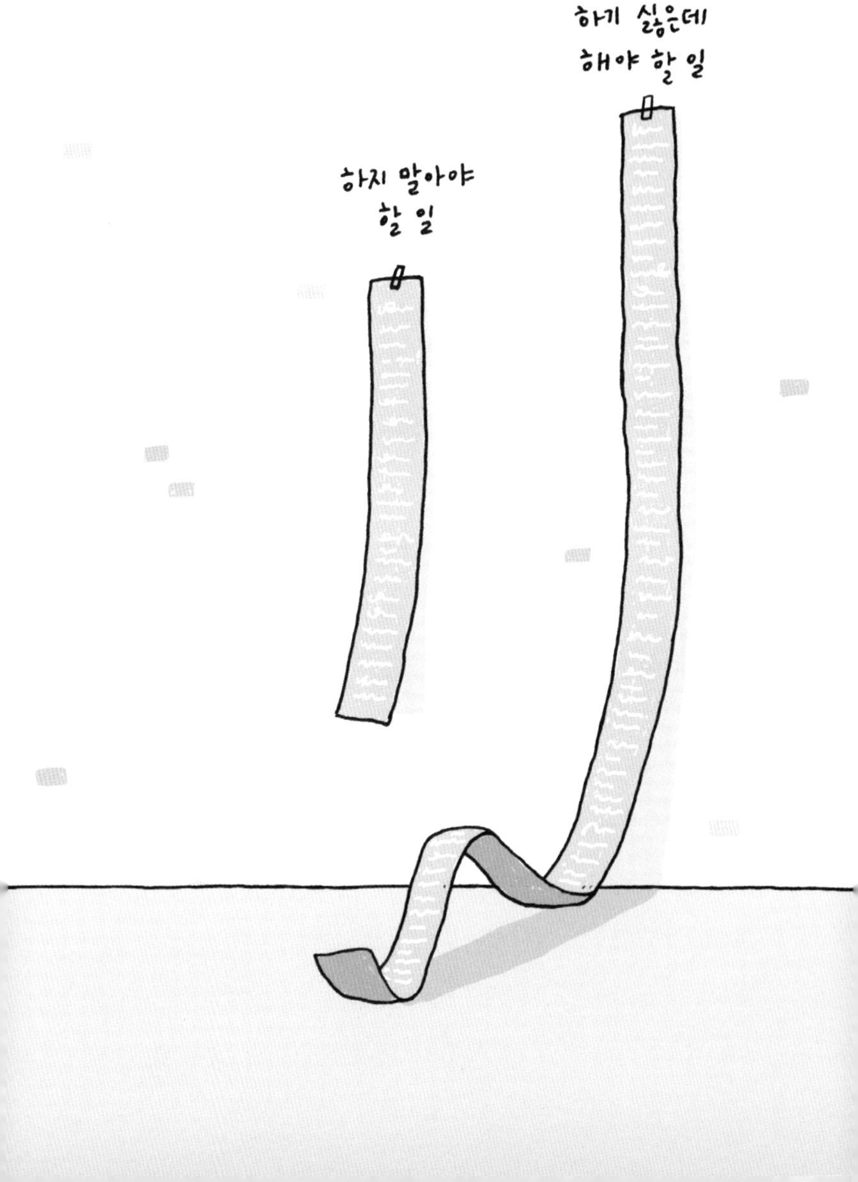
하기 싫은데
해야 할 일
하지 말아야
할 일

할
일
이

산
더
미.

시간이 약

"외로워서 힘들어."
"시간이 지나면 괜찮아질 거야."
"맞아, 그렇긴 한데…."
시간이라는 해결책을 찾았지만, 외로움은 여전히 내 옆에 착 달라붙
어 떨어지지 않으려 한다. 외로움이 사라지길 기다리고 기다린다.

"외로워 미칠 것 같아. 남자를 만나고 싶다는 말이 아니야. 그냥 사
람이어서 느끼는 허무한 감정 있지? 모든 게 의미 없고 부질없어."
"연애하는 나도 외로워. 시간이 약이야. 기다리면 괜찮아질 거야."
"그렇겠지? 시간이 해결해주겠지?"

곰곰이 생각해보니 시간이 약이라는 말처럼 무책임한 말이 있을까?
힘든 건 지금인데… 어쩔 수 없이 지금은 힘들어야 한다는 말이잖아.
하지만 이만큼 명백한 진실도 없다. 정말 시간이 해결해주니까.

나는 오늘도 무책임하고 효과 느린 '시간'이라는 약을 처방받고
삼켜지지 않는 위로를 억지로 삼킨다.

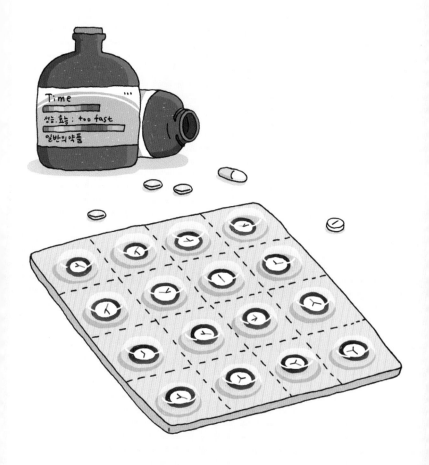

나중에는 오늘도

옛 사진 파일들을 정리하며
과거의 나를 돌아본다.
'예뻤네. 즐거웠네. 행복했었네.'

오늘도 언젠가 돌아가고 싶은
과거가 되어 있겠지?

고 민 꼬 리 잡 기

고민 하나를 해결하고 잠시 숨을 돌리면
내 눈앞에 또 생성되는 새로운 고민.
먼지처럼 존재감이 없다가
조금씩 쌓이고 쌓여서 눈앞을 뿌옇게 만드는 고민들.

잡을 수 있는 것이었다면…
뭉치고 뭉쳐서 날려버릴 텐데!

알려줘

해리 포터가 Sorting Hat(기숙사 배정 모자)을 쓰자
"그리핀도르!!!"라고 외치는 장면을 보고 내게도 저 모자가 있었으
면 좋겠다는 생각을 했다.

내 성격과 특징을 파악해 지금 내가 가진 문제들을 팍팍! 해결해주
는 마법의 모자. 어떤 문제든 확실한 답을 알려주는 모자.

유럽행 비행기 티켓을 예약해두고 결제를 고민하는 사람들에게,
두 개의 면접 중 하나를 선택해야만 하는 취준생에게,
이별을 결심했지만 쉽게 헤어지지 못하는 연인에게,
퇴사를 고민하는 회사원에게,
결혼을 성급하게 서두르는 이들에게,
육아휴직이 끝나 복직을 고민하는 엄마에게,
'예'와 '아니오' 단답으로 대답할 수 없는 인생의 문제를 가진 사람
들에게 명쾌한 대답이 나오는 마법의 모자가 있었으면 좋겠다.

마법의 모자

못 생 긴 하 루

샤워 후 거울 앞에 선 나는 분명 예쁘고 당당했는데
세상 사람들 사이에 끼어 있는 내 모습은 왜 이리 초라해 보일까?
원래 30대가 되면 자연스러운 일인 건가?
거리를 지나다니다가 젊은 학생들을 보면 나도 모르게 고개가 돌
아가고 눈길이 머문다.
그리고 '아, 예쁘다… 나도 저랬던 시절이 있었는데, 그때도 나름의
고민을 했지'라고 생각한다.
단순히 그들의 젊음이 부럽기도 하지만 철없이 웃고 있는, 그 순박
한 시간이 아름답고 눈부시다.

젊음을 바라보며 부러워하던 시선이 나에게로 향한다.
'너도 분명 순박하고 풋풋하던 때가 있었는데….
지금은 왜 이렇게 된 거니?'
나름 관리해보겠다고 열심히 다이어트도 했는데
빠지라는 살은 안 빠지고 운동 후 피로만 쌓여 집에 들어오면 쓰러
지기 일쑤. 바닥난 체력에 싫어하던 홍삼까지 챙겨 먹는다.

뭐 이런 것쯤이야 30대의 자연스러운 일이라고 스스로 위로해보지만 걱정과 불만이 가득한 내 언행들이 더 문제다.

"…이래서 힘들었어. …저래서 짜증났어."

나도 모르게 튀어나오는 푸념의 말들과 당당하지 못한 축 처진 어깨는 나를 칙칙하고 생기 없게 만든다.

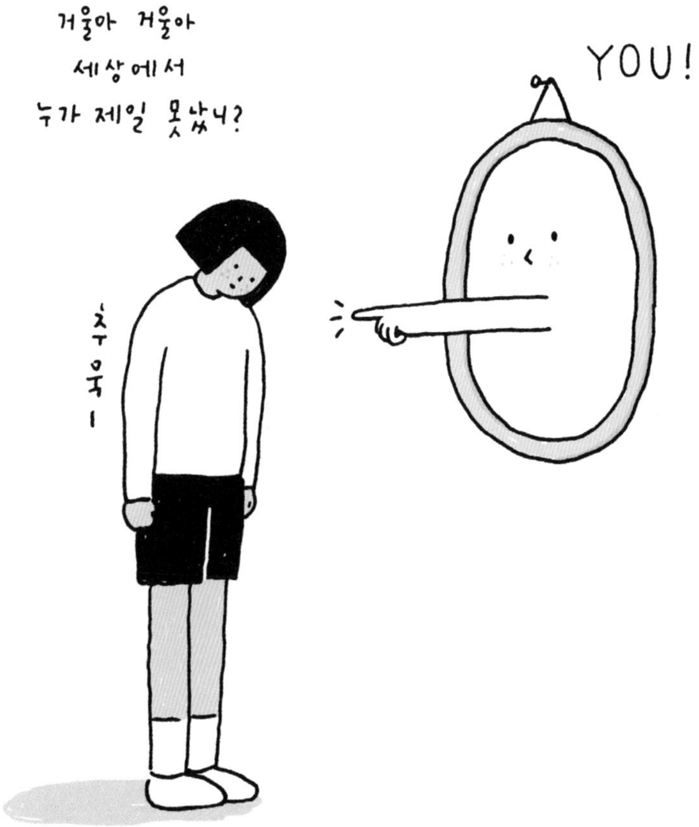
거울아 거울아
세상에서
누가 제일 못났니?
YOU!
추욱—

테트리스 인생

차곡차곡 미뤄왔던 것들.
조금만 참았다가 세일할 때 겨울 코트를 장만해야지.
이번 달에는 카드 값이 너무 많이 나왔어. 수분 크림은
다음 달에 사야겠다. 이번 일만 끝내고 꼭 유럽을 여행해야지.

이월 상품으로 구입한 코트는 유행이 지나
몇 번 입을 수 없게 되었고,
미루고 미뤄서 구매한 수분 크림은
내가 사기 딱 하루 전까지 세일했던 제품.
이번 일만, 이번 일을 마지막으로 정말 유럽 여행을
가야지, 하며 차일피일한 게 벌써 2년이 지났다.

4단 콤보 점수를 위해 세로 막대 하나만 초조하게 기다리다가
꽉 막혀버린 테트리스 한 판. 꼭 지금의 나 같다.

이렇게 꼭 막히고 나서야 막대기가 나오더라…
후회만 더 커지게.

집
순
이

무 탈 합 니 다

아무것도 하기 싫어서
아무것도 하지 않았다.

아무 일도 바라지 않아서
아무 일도 일어나지 않았다.

아무 일도 일어나지 않는 삶에 대하여

재미난 일 없나? 아, 심심해, 왜 나만 심심해? 내 인생 왜 이러냐…. 아무 일도 일어나지 않는 삶이 너무 보잘것없고 별로인 것 같다는 생각을 했었다.

툴툴대는 나에게 신이 벌을 내린 걸까?
2016년 10월, 따분했던 일상이 완전히 뒤바뀌었다. 엄마의 백혈병 소식을 듣고는 눈앞이 하얘져 정신이 없었다. 6개월 동안은 정말 웃을 여유조차 없었다. 엄마를 위해 내가 해줄 수 있는 일은 곁에 있어주는 것뿐이었지만 병원에서 지내기란 생각보다 굉장히 힘들었다.

답답한 병원 생활을 하면서 정말 원했던 건 내가 그토록 한심해하던 빈둥거리는 일상이었다. '아, 딱 3일만 아무 생각 없이 쉬고 싶다. 첫날은 내 방 침대에서 하루 종일 잠만 자고, 이튿날은 엄마랑 같이 쇼핑하고, 셋째 날은 새로 산 옷을 입고 카페에 가서 여유롭게 엄마랑 커피를 마시고 싶다.'

당장 하고 싶었던, 그러나 미룰 수밖에 없었던, 그리고 이루어질 수 없는 내 바람들은 정말 바람이 되어 사라졌다.

평범한 일상으로 돌아온 나는 아무 일도 일어나지 않는 하루가 너무 감사하다.

그래서 나는 오늘도 이 말을 되뇐다.

"지금도 나의 하루는 누군가에겐 간절히 원하고 바라는 삶이라는 것. 그러니 보잘것없고 무료한 하루였다 할지라도 소중히 여기고 감사할 것."

소비의 시대

비밀번호 여섯 개, 눈 깜빡임 하나면 모든 것을 살 수 있는 요즘.
너무나 간편해진 결제 방식은 몇 번씩 고민하고 물건을 사던 나를
지름신으로 만들었다. 아닌가? 원래부터 지름신이었던가?

돈 없고 시간 많은 학생일 때는 청바지 한 벌을 사더라도 최소한
세 군데 이상의 쇼핑몰을 검색했고, 그중에서 가장 저렴한 사이트
를 찾아 구매를 결심해도 결제하는 데까지 2, 3일이 더 걸렸다.
그만큼 물건을 사는 데 신중했던 내가 언제부터 이렇게 바뀐 걸까?
전에 비해 경제력이 생겨서 일일이 비교해가며 저렴한 물건을 찾는
게 귀찮기도 하지만, 당장 사지 않으면 손해를 본다는 논리로 안 사
도 될 물건까지 사도록 부추기는 소비의 시대에 살고 있기 때문은
아닐까?
나는 오늘도 구매 링크를 타고 타고 타고 결제 버튼을 누른다.
현명하게 소비하기 위해 나는 무엇을 해야 할까?

오늘도 탈탈탈-
털렸습니다.

쇼핑의 늪

원피스를 하나 사잖아요?
그러면 거기에 어울리는 가방이 필요해요.
또 색깔 맞는 구두가 필요하고요.
여기까지 충분하긴 한데…
뭔가 조금 부족한 느낌이 들어요.
아! 포인트를 줄 귀걸이가 필요하네요.
이미 갖고 있는 귀걸이 중에는
쓸 만한 게 없어요.
요즘 유행하는 귀걸이를
폭풍 검색해서 최저가를 찾아요.
귀걸이는 5,000원인데
배송비가 2,500원이에요.
그래도 삽니다. 필요하니까요.
정말로 필요해서 사는 거예요.

왜 옷은 사도 사도

입을 옷이 없는 걸까?

옷은 정말 많은데…

입을 옷은 정말 없어요….

아낀다고 아껴 쓴 건데….

마음이 초조해지는 소리

땅— 땅— 땅—
이 소리는 매달 25일 카드 값이 빠져나가는 소리입니다.

매달 보험비, 실비, 작업실 월세, 기름 값, 핸드폰 요금…
고정적으로 나가는 돈만 한 달에 50~60만 원.
좋아하는 커피도 한두 잔 사 마시고,
옷도 한 벌 사 입고, 친구랑 영화도 한 번 보면
100만 원은 기본으로 깨지는 한 달 생활비.
버는 돈은 한정적인데 물가는 계속 올라
500원이던 과자 한 봉지가 이제는 1,200원.
이번 달에 또 오버했어, 다음 달에는 꼭 허리띠를 졸라매야지,
하면 월말이 지나가네요.

언제쯤 초조하지 않을 수 있을까요?
그냥 초조한 게 당연하다고 생각하기로 했습니다.

MONTHLY
household accounts
가계부

+150

2017 . 11 . 21   PM 11:30

카드값   - 65
실비   - 4.7
보험1   - 5.3
보험2   - 2.7
기름값   - 10
치킨값   - 3.2
맥주값   - 2
생활비   - 30
:   :

= 23,000 ₩

= 35,000 ₩

= 5,000 ₩

= 9,100 ₩

= 72,000 ₩

= 33,000 ₩

= 687,593 ₩

= 4,100 ₩

= 12,500 ₩

= 400 ₩

- 1,700 ₩

칼퇴 기원!

퇴근 시각이 훌쩍 지났지만 아직도 회사라는 친구의 연락.

"일이 많은가 봐?"
"아니, 그냥 기다리고만 있어."
"뭘?"
"수정."
"언제까지 기다려?"
"몰라. 무기한 대기 상태."

그날 친구는 새벽 한 시가 되어서야 집에 갈 수 있었다고 한다.
살짝 짜증은 나지만 한두 시간 기다리는 건 일도 아니라는 말에 놀
랐다. 퇴근 후 황금 같은 시간에 그저 상사의 지시가 내려지기만 기
다려야 하는, 그리고 그 상황을 대수롭지 않게 여기는 친구의 쿨한
반응이 안타까우면서도 살짝 존경스럽기까지 했다.

내 친구를 포함해 야근하는 모든 직장인들,
무조건 칼퇴 기원!

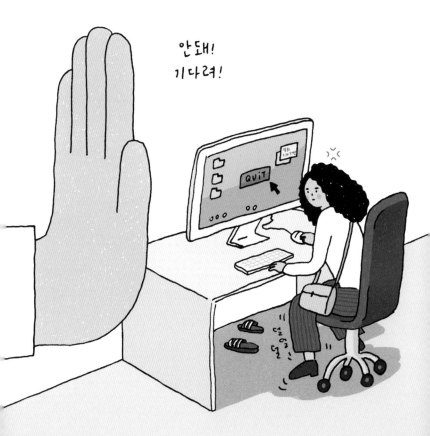

현 실 남 매

"밥 먹었어?"
"아니."
"안 먹을 거야?"
"응."
"아빠는?"
"몰라."
"빨래했어?"
"응."

필요한 말만 하는
우리의 담백한 대화.

밤마다 찾아오는

낮에는 잠잠했다가
밤만 되면 나타나는 배고픔.

이 시간에 이러면 안 되는데
큰일이네….

밤에 먹는 게 젤루 좋아,
먹고 눕는 게 젤루 좋아!

살도 붙였다 뗐다
할 수 있다면...

5.

나의
새벽에게

새 벽 세 시

모두가 잠든 조용한 시간.
혼자인 밤. 고요한 밤.

숨소리를 죽이고 귀 기울이면
째깍— 째깍— 시계 초침 소리.
지이잉 — 냉장고 소리.
타닥타닥— 키보드 소리.
쏴아아— 윗집 화장실에서 물 내리는 소리.
밖에서 들리는 주차 소리.
음음음~ 콧노래 흥얼거리는 소리.
누군가 집으로 돌아가는 소리.

혼자가 아니라는 생각에
위로가 되는 소리.

속 마 음 을 여 는 일

소복소복 눈 내리는 추운 마음이다.
갑갑했던 목도리를 풀고 마음을 꽁꽁 감싸던 외투를 벗는다.
조금 망설여지지만 윗옷을 벗고 마침내 바지마저 벗어버리면
아무것도 감추지 않은 내가 서 있다.

속마음을 여는 일이란
실오라기 하나 걸치지 않은 나체의 내가 네 앞에 서는 일.
부끄럽고 머뭇거리게 되고 용기가 필요한 일.

#속마음 #야한 그림 #전체관람가

만 약 에 …

머릿속 생각들을 줄줄이 꺼내
조각내고 자를 수 있다면

지우고 싶은 기억은 지우고
미워하는 마음은 잠가두고
상처 받은 마음은 흐릿하게
아름다웠던 기억들만 저장할래.

녹초

허물 벗듯 옷들을 풀어헤치고
쓰러지듯 소파에 누워 몸을 기댄다.
고작 얇은 천에 둘러싸여 있었던 것뿐인데
무거운 철갑옷에서 해방된 느낌이다.

술 한 모금 머금고 취기가 올라 노곤해지면
피곤이 나를 덮쳐 꿈속으로 들이민다.
그렇게 곤히 잠이 든다.

Help me

일어나고 넘어지고,
다시 일어나고, 또 넘어지고,
계속 주저앉을 수밖에 없는 날이 있지.

누가 나 좀
힘나게 해줘요...

나 잡아봐라

알 듯 말 듯한 무언가를 쫓아 빙글빙글 돌며 뛰어다니는 기분이 들
때가 있다.
쫓고 쫓기는 반복 속에서 어떤 날은 술래가 되기도 하고
또 어떤 날은 쫓기는 신세가 되기도 한다.

쫓는 나와 쫓기는 나 사이의 경계가 불분명하다.
두 모습 모두 '나'이기 때문이다.

오늘 열심히 살면 내일은 조금 쉬어 갈 수 있을 줄 알았는데
내일이 되어도, 모레가 되어도 거친 숨을 몰아쉬며 쉼 없이 움직인다.

처음에는 나보다 더 열심히 사는 타인의 모습에 멈출 수 없었다.
그러나 곰곰이 생각해보니 쉴 수 없는 이유를 만든 건 나였다.
"쉬지 마라. 뛰어라. 앞서 나가라." 나를 다그치던 사람은
나에게 만족하지 못하는 나였다.

앞을 향해 달려가는 나를 끊임없이 채찍질하며 이끌어주는 건
한 발 앞서 있는 나의 모습인데, 그 모습이 다시 원점이 되어
술래잡기는 계속된다. 지쳐도 멈출 수 없는 상황이 되었다.
정말 혼란스러운 상황이 되어버렸다.

쫓는 나와 쫓기는 나 사이의 경계가 불분명하다.
두 모습 모두 '나'이기 때문이다.
지쳐도 멈출 수 없는 상황이 되어버렸다.
정말 혼란스러운 상황이 되어버렸다.

마 음 단 단 히 먹 기

힘들어도 참고, 슬퍼도 참고, 좋아도 참고, 화나도 참고…
모든 걸 참고, 참고, 또 참아내는 것만이 성숙해지는 길인 줄 알았다.
그런데 자꾸 참다 보니 굳은살이 박인 것처럼
마음이 딱딱해지고 못생겨졌다.

딱딱해진 마음이니 상처도 덜 받고, 화도 덜 나는 게 맞는데
나는 왜 자꾸 상처를 받고 화가 나는지 모르겠다.

차라리 힘들면 기대고, 슬프면 울고, 화나면 터뜨리는 것이
나를 더 단단하게 하는 길이었나 보다.

슬퍼서 슬픈 게 아니라
슬프려고 슬픈 느낌 알어?

슬 프 려 고 슬 픈 날

내가 만든 슬픔에 우울해진 날.
가끔 이런 날이 있죠…?

사 람 을 찾 습 니 다

누군가 대신 슬퍼해줄 수 있다면…
그 값으로 얼마의 금액을 지불해야 할까?

슬픔도 깊이의 정도에 따라
얕은 슬픔, 중간 슬픔, 깊은 슬픔으로 등급을 나눠야 할까?

여하튼 지금 내 슬픔을 대신해줄 누군가가 나타난다면
내 주머니에 있는 14,260원 몽땅 드립니다.
다 드립니다.

WANTED

—— 대신 슬퍼해줄 사람을 찾습니다 ——

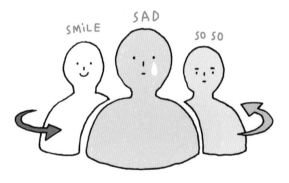

SMILE

SAD

SO SO

ㅇㅁ☆▽—010
ㅇㅁ☆▽—010
ㅇㅁ☆▽—010
ㅇㅁ☆▽—010
ㅇㅁ☆▽—010
ㅇㅁ☆▽—010
ㅇㅁ☆▽—010
ㅇㅁ☆▽—010

끝이 안 보여

공허하고 막막해.
이 무기력함….
언제쯤 끝나려나?
끝이 있긴 한 건가?

모난 시간들을
딛고 일어서면...

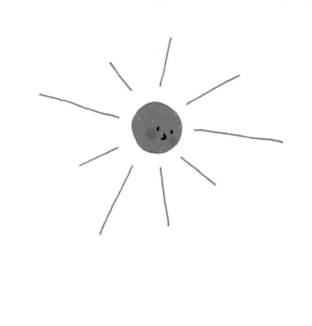

숨 쉴 구멍
하나는 있겠지.

순간이동이

필요한 타이밍.

↓

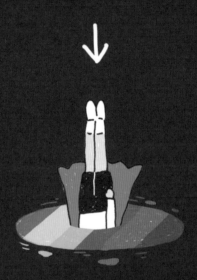

DARK

BRIGHT

↑

좋은 걸 심어볼까

"조급해하지 마."
"분명 잘될 거야."
"지금도 충분히 잘하고 있어."
"넌 정말 좋은 사람이야."

긍정의 말들이 열리는 긍정콩을 심어
마음의 불안을 잠식시켜야지.

마음이
콩밭.

'와 얼마나 좋은 일이 생기려고
이렇게 힘든 거지?'
라고 생각해보기.

힘들고 험난한 시간은
매번 찾아오지만
흐트러지는 모래알처럼
곧 지나갈 '순간'들 이기에.

일렁이는 마음이 잔잔해질 때까지
한 발자국 거리를 두고 천천히 기다리기.

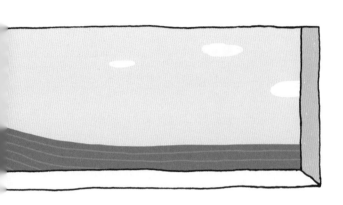

마음이 고요해지면
살짝 미소 짓기.

내 안의
우주 🪐

나의 우주에게

더 깊고, 더 넓은
마음이 되길 바라.

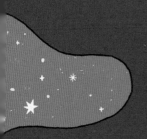

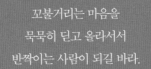

꼬불거리는 마음을
묵묵히 딛고 올라서서
반짝이는 사람이 되길 바라.

잠시 주춤, 하겠습니다
나를 위한 위로 한 알 삼키기

초판1쇄 발행 2018년 4월 20일
초판4쇄 발행 2019년 8월 3일

지은이 니나킴
펴낸이 연준혁

출판 2본부 이사 이진영
출판 3분사 분사장 오유미
편집 이지예
디자인 김준영
기획실 박경아

펴낸곳 ㈜위즈덤하우스 미디어그룹
출판등록 2000년 5월 23일 제13-1071호
주소 경기도 고양시 일산동구 정발산로 43-20 센트럴프라자 6층
전화 031-936-4000 **팩스** 031-936-3891
홈페이지 www.wisdomhouse.co.kr

이 도서의 국립중앙도서관 출판예정도서목록(CIP)은 서지정보유통지원시스템 홈페이지
(http://seoji.nl.go.kr)와 국가자료공동목록시스템(http://www.nl.go.kr/kolisnet)
에서 이용하실 수 있습니다. (CIP제어번호: CIP2018010623)